LA DESTRUCTION DES VAISSEAUX DE FERNAND CORTÈS,

POEME LYRIQUE,

QUI A REMPORTÉ LE PRIX de l'Académie Espagnole, le 13 Août 1778;

Par D. JOSEPH-MARIA VACA DE GUZMAN, *Docteur en Droit, Membre de* Gremio *de l'Universite d'Alcala, & Recteur actuel & perpétuel du Collége de S. Jacques des Chevaliers Manriques de la même Ville.*

Traduit de l'Espagnol sur l'Édition de Madrid.

Frangère nec tali puppim statione recuso,
Arreptâ tellure semel.

VIRGIL. Æneid, lib. X.

À PARIS,
CHEZ LES MARCHANDS DE NOUVEAUTÉS.

M. DCC. LXXIX.

AVERTISSEMENT.

VOICI la traduction des premiers vers que l'Académie Espagnole, cadette de l'Académie Françaiſe, a publiquement couronés depuis ſon inſtitution. Cette circonſtance, & le deſir de conaître les progrès actuels des Belles-Lettres dans un Pays, où un Bourbon les a reſſuſcitées, m'ont déterminé à faire venir l'Ouvrage, & à en faire part au Public. Je n'aprécierai point l'homage que je lui préſente : ſi j'entamais le panégyrique du *Senor D. Vaca de Guzman*, on ne tarderait pas à m'aſſimiler à ces laborieux Interprêtes, qui ne s'indemniſent de leurs ſueurs, qu'en exaltant leur original; au cas contraire, on dirait que je veux m'élever ſur les ruines de mon Auteur: je ſerai donc muet pour être impartial.

La conſcience m'oblige néanmoins à un petit avertiſſement. Ma verſion n'eſt point rigoureuſement littérale: des ſoixante octaves dont le Poëme eſt compoſé, j'en ai ſuprimé cinq ou ſix; & dans le ſurplus, je me ſuis permis, deux ou trois fois, d'élaguer certaines penſées, bonnes ſans doute, mais intraduiſibles dans notre langue. Les Perſans, dit Chardin, n'ont point de ſynonime du verbe *ſe promener;* parce que, ſous un climat où le repos eſt une jouiſſance, on ne conçoit pas qu'on puiſſe aimer à ſe fatiguer pour le plaiſir de la choſe. Il en eſt à peu près de même des Eſpagnols, chez leſquels nombre de métaphores & d'images, familières en France, n'ont point d'équivalent, *& vice verſâ.* Il ſerait facile d'en multiplier les exemples & les raiſons: mais les uns n'aprendraient rien à ceux qui ſavent l'Eſpagnol, & perſonne n'a beſoin des autres.

Derniere observation. J'ai pris la liberté d'esquiver les noms de diférentes Villes & Divinités du Méxique. Quoique les Castillans en enrichissent sans difficulté leur plus haute poësie, j'ai douté qu'ils produisissent un bon effet sur des oreilles Françaises : au reste on en jugera par les échantillons que j'ai laissés.

LA DESTRUCTION
DES VAISSEAUX
DE FERNAND CORTÈS,
POEME LYRIQUE.

Suspendez vos querelles, Enfans de Mars, & que les Nations aprennent par quels moyens le Héros, qui sût enchaîner à l'Eſpagne l'opulent Empire du Méxique, détermina ſes braves compagnons au plus noble effort de la hardieſſe humaine.

Deſcends, & ſois favorable à mes chants, ô Clio : donne à mes expreſſions l'éclat d'un beau jour. Introduis dans ma veine une divine fureur : partout j'en ſuivrai les brûlantes étincèles ; & celui que je vais célébrer, triomphera de la mort & de l'oubli.

Je foûlois un ſoir les bords fleuris du Mançanarès, (1) de ce fleuve qui fait l'envie des mers orgueilleuſes, alors que, careſſant de ſa molle arène le pied du Manoir Royal, il offre ſes nœuds de criſtal à l'auguſte Souverain des deux Mondes. Pendant que ma vue diſtraite s'égarait ſur ſon cours riant & paiſible, mon eſprit ſe portait à des contemplations ſupérieures : » Ondes limpides & » ſacrées, me diſais-je, c'eſt en errant » ſur vos bords, près de votre urne reſ» pectable, que m'a pénétré la flamme » rapide du Dieu de Délos...... Heu» reuſe Patrie, montagnes de Caſtille, » quel autre qu'Apollon lui même oſera » chanter vos Héros! Magnanime Pé» lage, grand Gonſalve, courageux » Ponce, & vous, Légions de Guer-

(1) Petit Ruiſſeau qui paſſe à Madrid.

» riers, qui, depuis tant de ſiècles, faites
» reſpecter à l'Univers étoné la Race des
» Gots, élevée dans le berceau de l'Heſ-
» périe; les Muſes ſeules ont le droit de
» ceindre vos fronts des Lauriers que vos
» mains ont cueillis! «

Tandis qu'abſorbé dans ces nobles idées, je retrace à ma mémoire les époques mémorables de l'Eſpagne, en arrachant ſes faſtes illuſtres aux injures de l'oubli, une extaſe douce & celeſte me ravit: un héroïſme ſublime paſſe de mon ame dans mes diſcours. De la voûte ſacrée s'eſt fait entendre une voix impérieuſe: l'air en eſt rempli; & ſa puiſſante illuſion frape mon oreille attentive: — Jeune homme leve les yeux. — Humilié ſous cet auguſte décret, j'obéis, & je crois voir une femme, dont les traits bruns, mais réguliers, uniſſent les graces à la majeſté. Sur ſon front, au lieu de Mirthe ou de Laurier, flôte un Panache éclatant. Les plus riches perles de l'Occident ſont étalées ſur ſon ſein.

Un voile de cotton parſemé de pierreries pend derrière ſes épaules : la main droite apuyée ſur ſa joue, elle tire avec la gauche * d'un carquois rempli de flêches, celle qu'elle veut ajuſter à ſon arc. Ses pieds ſont revêtus d'une chauſſure dorée : de l'un elle foule un globe de nuages ; de l'autre elle renverſe en ſouriant les deux colones d'Hercule : afin qu'on ſache que les flots n'ont pu borner les forces Eſpagnoles.

Un groupe de Génies accompagne la Déeſſe. Les uns chantent l'étendue de ſes vaſtes domaines, ſes richeſſes, & ſon pouvoir : d'autres y aplaudiſſent au ſon belliqueux des trompêtes. Ceux-ci font brûler en ſon honeur des gommes odoriférantes ; ceux-là portent fierement devant elle les attributs de la royauté.... Mais bientôt à leurs jeux bruyans a ſuccedé le ſilence le plus profond. Les Paſteurs de Mantoue ſuſpendent leurs luttes poëtiques : le fleuve s'arrête, Zephire n'oſe plus répandre ſur les fleurs

» triomphe perdus pour le Monarque, » qui rend leur valeur inutile. Soldats » Novices, la Tactique ne leur a pas » encore apris ses mouvemens variés: » ils n'ont enduré ni la neige, ni les » ardeurs du soleil; mais ils ont du » courage, puisqu'ils sont Espagnols. » Lorsque l'attrait d'un frivole espoir » n'existera plus, ils renforceront ma » troupe réduite. Que le dernier d'entre » eux compte sur mon affection, si la » bravoûre enflame sa colère. Que les » lances succedent aux rames, c'est ainsi » que nous vaincrons deux fois.

» Oui, Soldats, le visage de Bellone » plaît à l'Hespérie... La trompête, dont » le son guerrier porte l'épouvante dans » le cœur des lâches, est harmonieuse » à son oreille. Notre armée n'est point » nombreuse, mais nous sommes Espa- » gnols. Combattons, & la terre où » nous marchons devient notre conquête.

» Déja le Ciel qui s'explique en no- » tre faveur, a jetté sur la face des pla-

» nètes un voile funèbre & mélanco-
» lique. Des comêtes menaçantes enſan-
» glantent l'horiſon de leur longue che-
» velure. Le ſoufle inquiet de l'aquilon
» peuple cet hémiſphère de ſerpens
» enflamés. La ruine de l'Empire du
» Méxique eſt arrivée : notre fureur ac-
» complit les ſiniſtres oracles dont on
» l'a menacé. Elle vient naguerres d'en-
» chaîner les ſceptres puiſſans que ré-
» giſſoient Iſtapalapa & Teſcuſco. La ſu-
» perbe Temixtitlan ſe trouble, de voir
» en dépit de ſon antique origine le
» trône & la ſtatue du fils de Philipe
» (6) placés dans ſon Capitole. Le
» Dieu Barbare de Montézuma, ce
» monſtre inſatiable de ſang humain,
» de qui les flêches ſont aujourd'hui
» ſans vigueur, & les ſerpens ſans ve-
» nin, tombe en poudre, de ſon pied
» d'eſtal d'azur, ſur ſon autel ſangui-
» naire, tandis que ſes vils Sacrificateurs

(6) Philipe d'Autriche, père de Charles V.

» gémiſſent de l'afront qu'éprouve ſon » culte immonde. Ainſi le veut le Tout-» Puiſſant. C'eſt pour la gloire de ſon » nom, que, ſous un Rhumb incertain, » au milieu des plus grands dangers, » nous ſillonons l'onde amère. C'eſt par » lui, que le féroce Montézuma, ſor-» tant enfin de ſa funeſte léthargie, » cédera le ſceptre à un Empereur plus » juſte, & plus digne de le porter.

» Alors ceſſeront ces prodiges & ces » obſcures aparitions du ſoleil, tou-» jours envelopé d'un voile ſanglant. » Le grand lac (7) verra des reflets » purs. Les Indiens deviendront Eſpa-» gnols. Ils oublieront leurs tours éle-» vées, leurs anciens Caciques, & le » Nouveau Monde admirera dans ſon » enfance la paix, l'abondance, & l'é-» quité. Partout s'éleveront des Tem-» ples, des places, des jardins ſomp-» tueux. Cette région, dans ſes feſtins

(7) La Ville de México eſt ſituée au milieu d'un Lac.

» publics, dans ses danses nationales, » bénira les Européens. Elle s'empressera de leur aporter de ses Provinces » les plus reculées, la nacre éblouissante, les perles que l'humide Nérée » voit former dans son sein, les plus » riches métaux, & cette graine précieuse, (8) plus belle que le murex » qu'elle à remplacé.

» Telle est la récompense, tels sont » les Lauriers que les Destins réservent à votre courage. Pourriez vous » les mépriser, & pareil souvenir terniroit-il la gloire de l'Espagne ? Ah! » brisez plutôt le Timon & les Antennes. Que Doris & ses Néréides en » voyant flôter sur les ondes les » quilles dispersées de nos Vaisseaux, » reconaissent les vils débris d'une » crainte qui vous est étrangère. Vaincre ou mourir, c'est ainsi, Guerriers, » que vous fatiguerez les marbres & les

---

(8) La Cochenille.

» bronzes. Il ne vous reste à espérer » qu'une pompe triomphale, ou qu'un » bucher glorieux. Déja je vois chez » nos Descendans les neufs Sœurs célé- » brer nos louanges, & cette fuite à » laquelle nous nous dérobons, exciter » les accords de la lyre Espagnole, » qui, sur un mode harmonieux, exal- » tera la destruction de nos Vaisseaux. «

, Ainsi parle Cortès & sa Troupe ap- , plaudit par un silence unanime. L'ad- , miration de deux siècles a surmonté les , impuissantes injures de l'envie; &, pour , que la mémoire de cette belle action , s'éternise à jamais, elle vient d'être , oferte à l'Espagne par l'Assemblée res- , pectable de ses Sages. Zélateurs cons- , tans des intentions du grand Philipe, , (9) c'est peu de restituer par leurs , doctes veilles l'ancien éclat des Let-

(9) Philipe V, Fondateur de l'Académie de Madrid.

, tres, d'aſſurer à la langue le nombre, , la force, & la correction; ils croient , n'avoir rien fait, s'ils ont oublié la , Patrie.

, Mère féconde des Sciences & des , Arts, ô Madrid, ton Lycée vient de , mettre au nom de Cortès les Muſes Eſ- , pagnoles en concurrence. Déja deſ- , cend le feu céleſte : & l'harmonie ca- , dencée des vers, vient enchanter mes , ſens. Ah! renaiſſez, divines influences; , renaiſſez, Lucains, & Martials!

, Et toi, jeune homme, qui, pen- , ſif & ſolitaire, parcourais les hauts , faits de ton païs, en cherchant un mo- , dèle digne du Peuple guerrier auquel , tu dois la naiſſance; que te reſte-t-il à , deſirer, puiſque ma main t'a montré , Fernand Cortès, & qu'il eſt Eſpa- , gnol? '

L'Amérique ceſſa de parler, & les Génies de ſa ſuite reprirent à l'inſtant leurs concerts mélodieux. Bientôt les ſuperbes oiſeaux de Junon la dérobèrent à ma vue, dans un nuage formé d'humides vapeurs. Mes yeux la ſuivirent quelque tems, mais elle ne tarda point à s'évanouir derrière la haute cime du Guadarrama. (10)

Ainſi que, dans une nuit horrible & ſombre, quand Jupiter ébranle les poles du monde, ſi la lueur éblouiſſante d'un éclair laiſſe entrevoir au Voyageur tremblant le ſentier qu'il a perdu; à l'inſtant replongé dans une obſcurité plus afreuſe, ſon courage s'abat, & ſon œil, méconoiſſant l'horiſon, ne peut plus diſtinguer les vallées des montagnes:

Ainſi, le prodige qui m'éblouit encore, m'a laiſſé confus, aveugle, & timide: je rentre en moi-même en treſſaillant, & je me retire à la chûte du jour.

---

(10) Montagne qui diviſe les deux Caſtilles.

O Chef magnanime, le plus grand de ceux qu'ait vus dans ſa carrière cette Planète qui nous échaufe & nous éclaire, quel homme étois-tu, ſi tu peux encore épouvanter celui qui n'a vu que ton image, & qui ne l'a vue que dans l'ombre!

Lu & approuvé ce 8 Décembre 1778,

DE SAUVIGNY.

Vu l'Approbation, permis d'imprimer, ce 16 *Décembre* 1778. *LE NOIR.*

De l'Imprimerie de DEMONVILLE, rue Saint-Severin,

www.ingramcontent.com/pod-product-compliance
Ingram Content Group UK Ltd.
Pitfield, Milton Keynes, MK11 3LW, UK
UKHW022207190726
13855UKWH00004B/1651

9 782013 043762